Editado por Editorial Planeta, S. A.

Avda. Diagonal, 662-664, 08034 Barcelona
www.planetadelibrosinfantilyjuvenil.com
www.planetadelibros.com

Primera edición: marzo de 2023
Tercera impresión: febrero de 2025
ISBN: 978-84-08-26497-2
Depósito legal: B. 3.133-2023
Impreso en España

El papel de este libro procede de bosques gestionados
de forma sostenible y de fuentes controladas.

Lucía Galán Bertrand

Cuentos de primavera de Lucía, mi pediatra

Ilustraciones de Núria Aparicio

timunmas

Lucía, mi pediatra

Desde la experiencia de mi profesión
y la sensibilidad de mi maternidad

Lola tiene alergia

—¡Buenos días por la mañana! —dijo Laura, la mamá de Lola, mientras entraba en la habitación y abría las ventanas de par en par.

Hacía un sol precioso, los árboles del jardín ya estaban en flor y se oía a los pajarillos cantar.

—¡Achús! ¡Achús! ¡Achús! ¡Achús! Ay, mami, que me pican los ojos, que me pica la nariz, que me... ¡Achús! ¡Achús! ¡Achús!

—¡Mira, Lola, ya ha llegado la primavera!

—Que sí, mami, pero… ¡Achús! ¡Achús! ¡Achús! Que te digo que me pica todo. —repetía Lola rascándose la nariz y los ojos con fuerza.

Laura se acercó a la cama de su hija y se sentó junto a ella.

—Pero ¿qué son todos estos estornudos? Si se oyen desde el jardín —dijo Pablo, el papá de Lola, que venía de podar los árboles.

—¡Achús! ¡Achús! ¡Achús!

—Pues que mucho me temo que la pequeña Lola ha heredado la alergia que yo tengo, porque mira cómo está.

Pablo se acercó también a la camita de su niña. Tenía los ojos rojos como tomates, estornudaba sin parar y llevaba los mocos colgando…

—¡Ay, cariño! Pues puede ser, porque tu madre cuando llega la primavera se pone así, como tú. No te preocupes, que pediremos cita con tu pediatra y nos ayudará, ya lo verás.

—Vale, papi, achús, achús, achús, llévame a ver a Lucía, que no me encuentro bien —dijo Lola sollozando.

Dicho y hecho. A los pocos días, Lola entraba por la puerta de la consulta de Lucía sonándose los mocos.

—Pero ¡Lola! ¿Y esos mocos que me traes? —le dijo su pediatra al verla entrar.

—¡Ay, Lucía! ¡Que desde que ha llegado la primavera mira cómo está Lola!

—Je, je... Si es que la primavera la sangre altera —bromeó Lucía entre risas.

—¿La sangre altera? —repitió Lola asustada.

—Je, je. No te preocupes, que daremos con lo que te pasa. Venga, vamos a verte.

Lola se sentó en la camilla tranquila mientras sus padres la ayudaban a quitarse la ropa.

Lucía cogió su linterna y empezó a observar a la pequeña.

—Hmmm, ojos muy rojos, moquillo transparente, estornudos encadenados, picor de nariz y de ojos, ¿verdad, Lola?

—Sí. Me pica mucho la nariz —se quejaba Lola mientras se la frotaba con fuerza.

—Pues me temo que tus papás tienen razón. Esto tiene toda la pinta de ser una alergia.

—¿Y eso qué es? —preguntó Lola.

—Pues es que al llegar la primavera, los árboles florecen y el polen de las florecitas se desprende y viaja por el aire, moviéndose con el viento. De pronto, si abres las ventanas de tu habitación o sales al campo, esas pequeñas partículas entran por tu nariz. Y resulta que a tu cuerpo no le gustan nada esos nuevos visitantes, y tus soldaditos, los que están en la sangre vigilando que todo esté bien, los atacan. Y, claro, como se monta una buena batalla campal ahí dentro, pues tú empiezas a notarlo en la nariz, que te pica, en los ojos, que también, y comienzas a estornudar para ver si salen de tu cuerpo y te dejan tranquila.

Lola escuchaba con los ojos como platos mientras se imaginaba todas esas cosas suceder dentro de su nariz.

—¿Y ahora qué hacemos? —quiso saber Lola intrigada.

—Pues yo te puedo dar medicinas para que tanto el polen de los árboles, es decir, «tus visitantes», como tus propias células, o sea, «tus soldados», estén más tranquilos y no monten tanto follón ahí dentro.

—Ah... Y si no montan tanto follón a mí me dejará de picar, ¿no?

—Sí. Eso es. Pero antes de todo eso te tiene que ver mi amiga la alergóloga.

—La aler... ¿qué? —dijo Lola

—La alergóloga es la especialista en alergias. Ella nos dirá exactamente a qué tienes alergia: si es al polen de los árboles, a los perritos, a los gatos, al polvo de casa... Hay muchas cosas a nuestro alrededor que nos pueden causar alergia.

—Aaah, ahora lo entiendo todo —concluyó Lola feliz tras todas esas explicaciones.

—La alergóloga te pondrá un poquito de cada una de esas sustancias aquí, en tu bracito. —Lucía le extendió el brazo a Lola y le indicó con un boli lo que le haría la alergóloga—. Y cuando una ronchita se ponga gordita y rojita, indicará que justamente a eso le tienes alergia.

—Ah. ¡Qué fácil! —exclamó Lola.

—Sí, ya verás que es fácil. Una vez sepamos qué te hace daño, te dará las medicinas para que te pongas mejor. Esas llegarán a la sangre, donde están todas tus celulitas, tanto visitantes como soldaditos.

—¡Sí! ¡Eso! Y las medicinas obligarán a los visitantes y a los soldaditos a que estén tranquilos y no monten tanto follón —añadió Lola.

—¡Eso es! —dijo Lucía aplaudiendo—. ¡Es que la primavera a veces es así de escandalosa!

—Claaaro, Lucía, ahora lo entiendo todo —afirmó Lola con una sonrisa pícara—. Es que «la primavera la sangre altera».

Lucía y los papás de Lola se empezaron a reír escandalosamente.

—¡Muy bien, Lola! ¡Así es!

¿Y ahora? ¿Hablamos?

- Si abres la ventana y ves árboles, ¿cómo sabes que es primavera?
- ¿Por qué estornudaba tanto Lola?
- ¿Qué pasaba dentro de la nariz de Lola?
- Termina la frase: «La primavera...».

Mensajes para llevarse a casa

En cuanto llega la primavera, nuestras consultas se llenan de niños y niñas estornudando, con picor de ojos y de nariz. Si al hablar con vosotros descubrimos que papá o mamá, o ambos, sois alérgicos, las probabilidades de que se trate de una alergia son más altas. Debéis pedir cita con vuestra pediatra. Explicarles a los niños qué puede estar pasando dentro de su cuerpo les ayuda a perder el miedo a acudir al médico. Los peques tienen una imaginación maravillosa, y si les explicamos los cambios que sufren mediante el juego y los cuentos, les ayudamos a cuidar mejor de su propia salud.

A Lola le tienen que sacar sangre

—Pero ¡no lo entiendo! ¿Por qué me tienen que sacar sangre? —preguntaba Lola entre sollozos.

La visita con la alergóloga había ido a las mil maravillas, pero la niña necesitaba hacerse una analítica.

—Mi amor, no hace falta que vayamos ahora. Si te parece bien, vamos mañana y así te explicamos qué va a suceder allí.

—Pero, papi, ¿me va a doler? ¿La aguja es grande? ¿Eso pincha mucho?

Lola no paraba de hacer preguntas. Estaba muy asustada.

—Cariño, mira, vamos a coger tu maletín de médico y vamos a llamar a tu hermano Toni, que seguro que él nos puede ayudar. ¡Toni!

Toni llegó con su libro de medicina bajo el brazo.

—Doctor Toni, necesito que le explique a esta nueva paciente cómo se les saca sangre a los niños —dijo su papá entre risas.

—Buenos días, pequeña, no soy Toni, yo soy el enfermero Baldomero —dijo Toni levantando el dedo índice.

Lola se empezó a reír al ver su hermano con un bata blanca y hablando como si fuese una persona mayor.

—Primero, tranquila has de estar, porque aquí te vamos a cuidar.

»Segundo, tu brazo has de extender para que esta cinta te podamos poner.

Toni, le colocó una cinta alrededor del brazo mientras su papá le explicaba que eso es lo que le harían en el centro de salud.

—Tercero, la jeringuilla entrará, pero tú solo un pinchacín notarás.

»Y cuarto, si quieres un truco utilizar, no tienes más que soplar.

—¿Soplar? —se extrañó Lola.

—Sí, amor, soplar —confirmó su papá—. Imagínate que estás soplando las velas de una tarta. Soplamos una, ffffffff, cogemos aire. Soplamos otra, ffffffff, y cogemos aire. Soplamos otra, ffffffff, y cogemos aire, y antes de que te des cuenta, estarás tan contenta.

Lola hizo caso a su padre y empezó a soplar imaginándose que tenía una tarta de cumpleaños delante.

—¿Y ya está? —preguntó Lola.

—Sí, en efecto. Así que ya estamos listos, ¿no?

—¡Sí! Pero ¿puede venir Toni conmigo?

—¿Toni? ¿Qué Toni? Dirás el enfermero Baldomero —la corrigió su papá riéndose.

—¡Sí! Ja, ja, ja. El enfermero Baldomero.

Al día siguiente, los papás de Lola y Toni se presentaron en el centro médico. Lola estaba mucho más tranquila. Ahora ya sabía lo que iba a pasar, porque su hermanito se lo había explicado muy bien.

De pronto, apareció por la puerta un chico alto, moreno, con gafitas, como ella, y muy sonriente y se presentó.

—¡Hola! Yo soy Romeo, ¿y tú?

—Yo soy Lola. Y él es mi hermano Toni, digo... el enfermero Baldomero.

Romeo se echó a reír.

—¡Qué bien, un ayudante! ¡Fantástico! Lola, ¿te han explicado por qué estás aquí?

—Sí —asintió Lola orgullosa.

—Muy bien, entonces vamos a empezar —dijo Romeo mientras se ponía los guantes.

—Un momento, un momento. ¿Puede tu ayudante, el enfermero Baldomero, cantarme una canción? —le preguntó Lola.

Romeo miró sorprendido a los niños y asintió sonriendo.

—Claro que sí.

Toni levantó su dedo índice y empezó a tararear:

Primero, tranquila has de estar, porque aquí te vamos a cuidar.
Segundo, tu brazo has de extender para que esta cinta te podamos poner.
Tercero, la jeringuilla entrará, pero tú solo un pinchacín notarás.
Y cuarto, si quieres un truco utilizar, no tienes más que soplar.

—Bravo, bravo, bravo. ¡Me encanta! —aplaudía Romeo—. Pues vamos a ello.

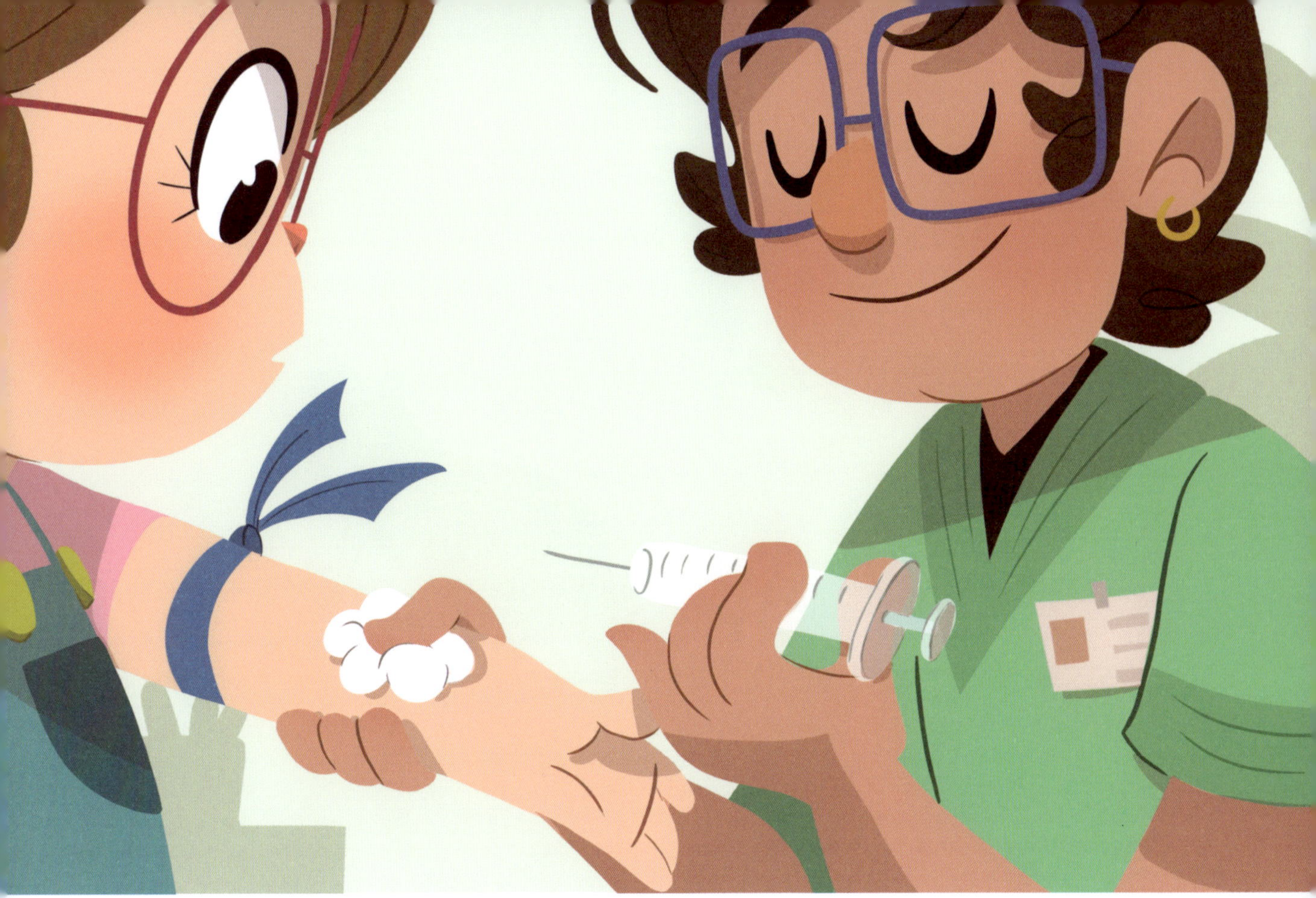

El enfermero, con mucho mimo y cuidado, le puso la cinta alrededor del brazo apretando un poquito. Luego le extendió el brazo y, cuando ya tenía la jeringuilla en la mano, le dijo a Lola:

—Venga, corazón, ahora, estando así de quietecita, vamos a imaginar que la tarta más rica del universo está aquí delante y que tenemos que ir soplando todas las velitas para poder comérnosla. ¡Vamos a empezar a soplar, venga!

Lola empezó a soplar.

Ffffff, y cogía aire.

Ffffff, y cogía de nuevo aire.

Ffffff, y una vez más cogía aire.

—¡Muy bien, pequeña! —la felicitó Romeo al extraer la aguja de su brazo.

—Pero... ¿ya está? —dijo Lola sorprendida.

—¡Sí! ¡Ya está! ¿Ves qué rápido y qué bien? —dijo Romeo.

—Tres hurras para nuestros enfermeros —propuso el papá de Lola.

—Hip, hip, hurra. Hip, hip, hurra. Hip, hip, hurra. ¡El enfermero Romeo y el enfermero Baldomero son los mejores enfermeros del mundo entero!

¿Y ahora? ¿Hablamos?

- ¿Por qué estaba asustada Lola?
- ¿Qué fue lo que más la tranquilizó?
- ¿Qué truquito le enseñó su hermano para no sentir dolor?
- ¿Alguna vez te han sacado sangre?

Mensajes para llevarse a casa

La extracción de sangre a un niño puede resultar un acontecimiento estresante, sobre todo si no se le explica. Confía en tu hijo o en tu hija. Nunca lo engañes. Cuéntale uno o dos días antes qué va a pasar, en qué consiste sacarse sangre. Es importante que te vea tranquilo, relajado y confiado; recuerda que somos el espejo donde ellos se reflejan y si tú tienes miedo y ansiedad, tu hijo, mucho más.

Valida sus emociones: «Entiendo que estés un poquito asustado», pero ofrécele seguridad y calma: «Yo estaré a tu lado y todo saldrá estupendamente». Deja que lleve su juguete favorito si eso le ayuda, y practica en casa la técnica para que cuando llegue el día no haya grandes cosas que lo pillen por sorpresa.

Los niños son maravillosos y muchos de los miedos que tienen son por no haberles explicado las cosas o por percibir en nosotros angustia, inseguridad y ansiedad. Así que ánimo con ello, ¡todo saldrá bien! Y, para celebrarlo, le invitarás a una supermerienda.

El juego de las emociones

—Venga, chicos: dientes, un pis y a la cama —dijo el papá de Lola y Toni mientras él mismo terminaba de ponerse el pijama.

—Vale, papi, pero llama a mamá, que hoy toca... ¡el juego de las emociones! —dijo Lola dando saltitos sobre la cama.

Toni y Lola se pusieron el pijama, se cepillaron los dientes, hicieron un pipí y corrieron a la habitación de sus padres, donde ya los estaban esperando sus papás sentados sobre la cama.

—Venga, venid. Os recuerdo las reglas. ¿Veis todos estos papeles? Pues cada uno de ellos lleva escrita una emoción o un sentimiento —dijo Laura.

—Sí, mirad: **ALEGRÍA, TRISTEZA, IRA, CULPA, VERGÜENZA, MIEDO, ASCO, ENTUSIASMO, AMOR, EMPATÍA, COMPASIÓN, ADMIRACIÓN, ENVIDIA...**

Lola y Toni cogían con sus manos las distintas tarjetitas de papel para ponerlas boca abajo sobre la cama.

—Muy bien, chicos. Venga, empieza Toni.

—Toni, coge una y, sin decirnos qué es, nos tienes que intentar explicar la emoción o el sentimiento y nosotros tenemos que averiguarlo, ¿vale?

—¡Vale! —gritó Lola entusiasmada.

Le encantaba este juego.

Toni cogió uno de los papelitos, lo miró con cuidado, lo escondió bajo sus manos y empezó:

—Hmmm, yo esto lo sentía el año pasado cuando me llevabais a la pediatra. Pero ahora ya no lo siento porque allí estoy tranquilo y sé que Lucía me cuida.

—¡Miedo! —dijo Lola.

—¡Sí! —exclamó Toni, enseñando su cartelito a todos.

—Muy bien, Toni, es verdad que el año pasado tenías miedo a las agujas y a las vacunas, pero ahora ya lo has superado porque sabes que todo eso es bueno para ti y porque todos te cuidamos, ¿verdad? —le dijo su mamá mientras le acariciaba el pelo.

—Verdad —asintió él con una media sonrisa.

—¡Venga, ahora yo! —dijo Lola levantando el brazo.

La niña cogió un cartelito y, como todavía no sabía leer, se lo enseñó a su papá, quien le chivó al oído la palabra que llevaba escrita.

—¡Ay, qué fácil! —dijo Lola dando saltitos de la emoción—. Esto yo lo siento todo el rato cuando estoy en casa. Así, grande, grande, grande. Y lo siento aquí dentro. —dijo señalándose el corazón—. Lo siento cuando te abrazo, mami, y cuando, papi, tú me das el besito de buenas noches. ¡Lo siento gigaaante!

La madre de Lola se hizo la despistada y dijo:

—Hmmm, ¿será tristeza?

—Noooooo, mamá. ¿Cómo va a ser tristeza? —se desesperó Lola, llevándose las manos a la cabeza.

—Es broma, ja, ja, ja —se rio Laura—. ¡Amor! ¡Es amor!

—¡Sí! —dijo Lola aplaudiendo.

—Venga, ahora yo —dijo la mamá—. Esta es un poco difícil... A ver, Lola, cuando ves a una amiguita tuya llorar en el recreo, ¿qué sientes?

—Pues me pongo triste, me preocupo... —dijo Lola con carita de inquietud.

—Exacto. Y si tu amiga sigue llorando mucho, ¿a ti qué te pasa?

—Pues que también me entran ganas de llorar...

—¡Muy bien! Y ¿qué emoción es esa?

—Hmmm. No lo sé, mamá —contestó Lola—. ¿Cuál es, papá? ¿Tú lo sabes?

—Sí, cariño. Cuando sentimos las emociones de las personas que tenemos alrededor y percibimos su dolor o su alegría o su tristeza como si fueran nuestros, eso se llama **EMPATÍA**.

La mamá de Lola le enseñó el cartelito a Lola y a Toni.

—Y cuando además de sentir su dolor, o tristeza, o angustia, tenemos la necesidad de ayudarlos se llama **COMPASIÓN**. —La mamá de Lola cogió el cartelito de la compasión para que lo viera.

—Ah, ya lo entiendo. Cuando el otro día Toni se hizo una herida en la rodilla y tú te preocupaste un poco al verlo llorar, eso es empatía, ¿verdad?

—Verdad —dijeron los papás.

—¿Y cuando le cantaste el «Sana sanita culito de rana» y le echaste esa cosa para curárselo, eso es **COMPASIÓN**?

—Ja, ja, ja, sí, más o menos. Quise ayudar como mejor sabía —dijo su madre.

—Bueno, pues ahora me toca a mí —dijo Toni levantando el dedo.

El niño cogió un cartelito, lo leyó despacio, se quedó pensando unos segundos y dijo:

—Lo tengo. Cuando Lola se mete el dedo en la nariz y se saca los mocos yo siento esto.

Toda la familia se echó a reír y dijeron a la vez:

—**¡ASCO!**

Lola empezó a meterse el dedo en la nariz para hacer rabiar a su hermano entre las risas de sus padres y de él mismo.

—Pues yo cuando me saco un moco siento... **¡ALEGRÍA!** —dijo Lola riéndose a carcajadas.

—¡Puaj! ¡Lola, para! —exclamó Toni.

—Lola, los mocos salen al sonarnos con un pañuelo, no metiéndonos el dedo en la nariz.

El papá de Lola cogió un cartelito nuevo, lo enseñó a todos y dijo:

—Venga, yo creo que ahora ha llegado el momento de sentir **CALMA** y prepararnos para dormir.

Toni pegó un salto de la cama, cogió su jirafa de peluche y se fue directo a su habitación. Lola levantó los bracitos y dijo:

—Papi, ¿me llevas a mi cama?

—Claro, mi amor.

—Buenas noches, mami. Te quiero. Buenas noches, papi, te quiero —dijo Lola mientras se quitaba las gafitas y se acurrucaba entre las sábanas.

—Buenas noches, pequeña —le dijeron sus papás, y apagaron la luz de la habitación.

¿Y ahora? ¿Hablamos?

- ¿Lees o te leen cuentos antes de dormir?
- ¿Alguna vez has jugado a las emociones?
- ¿Cuándo sientes **AMOR**? ¿Y **TRISTEZA**?
- ¿Sabes lo que es la **EMPATÍA**?

Mensajes para llevarse a casa

Lograr que nuestros hijos e hijas sean adolescentes y adultos felices y capaces de llevar una vida plena afrontando las dificultades que se les presentarán pasa por educarlos en una sana y consciente inteligencia emocional. Y todo comienza por saber identificar nuestras emociones, ponerles nombre y asumir que todas, tanto las que nos generan bienestar como las que no, son nuestras y debemos aprender a gestionarlas. Te animo a que practiques con tus hijos esta sencilla actividad que yo misma realicé con los míos durante muchos años antes de acostarnos.

Ante la duda, fruta

—¡Hoy nos vamos de excursión! ¡Hoy nos vamos de excursión! —Lola daba saltitos al entrar en la cocina mientras sus papás preparaban el desayuno.

—¡Sí, Lola! ¡Qué bien! ¡Te lo vas a pasar genial con todos tus compañeros del cole! —le contestó Laura mientras cortaba la fruta.

—Sí, además, nos han dicho que nos van a llevar a un campo de nísperos.

—¿Qué son los nísperos? —preguntó Toni.

—Una fruta riquísima propia de la primavera —contestó su papá.

—¡Qué bien, cariño! Pues venga, vamos a preparar tu táper del almuerzo, no vayas a perder el autobús.

—¿Y qué me vas a poner en el almuerzo hoy, mami? Es que no sé muy bien qué me apetece... —dijo Lola pensativa.

—Lola, parece mentira. ¿Cuál es la frase favorita de tu pediatra? —le preguntó Pablo—. ANTE LA DUDA...

—¡Fruta! —gritaron Lola y Toni a la vez.

—¡Eso es!

La mamá de Lola, como cada mañana, le puso un puñadito de uvas partidas en trozos, medio plátano y unos fresones buenísimos que había comprado en el mercado esa misma semana.

Esa mañana, Lola estaba pletórica. Llegó al colegio feliz con su mochila a la espalda y dispuesta a vivir muchas emociones con sus compañeros. Salir de excursión era una fiesta.

—¡Adiós, Lola, pásalo bien! —la despidió su papá mientras ella saludaba desde la ventanilla.

El autobús arrancó mientras todos los niños cantaban alegremente.

Cuando llegaron al campo de nísperos, todos se quedaron alucinados.

—Pero ¡cuántos árboles! ¡Y qué bonitos! —decían.

Tomás, el dueño de la finca, les hizo una visita guiada para explicarles cómo trabajan allí todo el año.

—Los árboles son seres vivos, y como tal, aquí los cuidamos y los mimamos para que cuando llegue la primavera nos den estos nísperos tan sabrosos. Mirad, ¿veis qué hojas más verdes y más brillantes?

Los niños miraban con atención los cientos de árboles.

—Aquí los regamos, porque los árboles ya sabéis que necesitan agua para sobrevivir, como vosotros, igual. Y, además, estamos muy pendientes de ellos para que crezcan sanos y felices.

—¿Felices? —dijo Lola, imaginándose de repente a todos esos árboles sonriendo.

—Claro, las plantas y los árboles, cuando los cuidas y los mimas, están felices. Y cuando les falta agua, o arrancan sus hojas, o les echan basura y los abandonan, se ponen tristes.

—Muy tristes... —intervino la profesora—. Además, este año hemos aprendido también lo peligroso que es dejar basura o colillas en el campo y en los bosques, ¿verdad, clase?

—¡Sí! —respondieron todos al mismo tiempo.

—¿Qué pasa si tiramos basura en la naturaleza? —preguntó la profe.

Cristina levantó la mano, esperó su turno y dijo:

—Pues que, además de contaminar el planeta, es peligroso porque se pueden provocar incendios y quemar todos los bosques y los campos.

—¡Exacto! —la felicitó Tomás—. Por eso es tan importante que si alguna vez coméis en el campo, nunca tiréis la basura al suelo. Los pobres arbolitos y animales que viven aquí sufren cuando se produce un incendio. ¡Es un drama!

Los niños escuchaban con muchísima atención todas las explicaciones de Tomás y de su profe. De pronto, Lola levantó el brazo y dijo:

—Oye, Tomás, y ¿cómo sabes que los árboles están felices?

—Pues mira qué ramas más fuertes tienen y que color más vivo muestran sus hojas y que nísperos tan bonitos y jugosos.

Lola miraba los árboles y le parecía que le sonreían.

Tomás cogió uno de los nísperos y le dio un bocado. Estaba tan jugoso que se manchó toda la camiseta. Los niños se empezaron a reír.

—Ja,ja,ja. Tomás, ¡que te has manchado! —gritó Lola señalando su camisa.

—Bueno, no pasa nada, chicos. ¡Esto es maravilloso! Hmmm..., parece que me ha entrado hambre. ¿Y a vosotros?

—¡Sí! ¡A nosotros también! —gritaron todos los niños.

—Bueno, bueno... Pues a ver qué podemos almorzar —dijo Tomás pensativo, tocándose la barbilla y mirando el cielo—. A ver, a ver... Es que tengo algunas dudas...

De pronto Lola pegó un brinco y dijo:

—Pues... ¡ANTE LA DUDA, FRUTA!

Los niños empezaron a reír y a aplaudir, y en un pispás, todos sacaron de sus mochilas sus almuerzos mientras Tomás entregaba a cada alumno uno de sus maravillosos y jugosos nísperos.

¿Y ahora? ¿Hablamos?

- ¿Por qué es peligroso tirar basura en los bosques y en los campos?
- ¿Los árboles y las plantas pueden estar felices?
- ¿Qué te ponen de almuerzo para el cole?
- Termina la frase: «Ante la duda…».

Mensajes para llevarse a casa

Educar a nuestros hijos en el respeto hacia la naturaleza es vital en este momento en el que nos encontramos. Cuidar del planeta es responsabilidad de todos. Los niños, si se lo explicamos, lo entienden y lo asumen con una madurez increíble.

Acostumbra a tus hijos a consumir productos de temporada, seguid una dieta basada en frutas, verduras y legumbres que ellos mismos sepan identificar; haced excursiones por la naturaleza, llévalos al mercado, donde puedan ver esos mismos nísperos que Lola ha visto en el campo, y enséñales a cuidar de naturaleza dando ejemplo.

Lola se rompe un brazo

—¡Lola, cariño, baja de ahí, que está muy alto para ti y te puedes hacer daño! —le dijo Laura al pie del tobogán.

Lola había visto a su hermano mayor subirse al tobogán más alto de todo el parque y ella no quería ser menos.

—Lola, que yo soy mayor. Tú tienes que ir al de los pequeños —le explicó su hermano Toni mientras subía la escalera.

—¡Yo puedo! —dijo Lola un tanto enfurruñada.

Cuando llegaron a lo más alto, Toni se lanzó primero.

—¡Yuju! —dijo levantando los brazos mientras descendía a toda velocidad.

—¡Ahora yo! —dijo Lola.

Lola se lanzó con tanto impulso que al llegar al final del tobogán salió literalmente volando.

—¡Ay, ay, ay, ay, Lola! —gritó su madre mientras corría hacia ella.

Lola se había quedado tirada en el suelo, boca abajo, con la carita llena de tierra y, cómo no, llorando.

—Aaaaaah, mamá, papá, me duele, me duele —gritaba desconsolada.

Todos los adultos del parque se agolparon para intentar ayudarla. Al levantarla, Lola rápidamente se llevó la mano a su brazo izquierdo y dijo:

—Ay, no puedo moverlo —sollozaba mientras se intentaba abrazar a su madre.

Toni frunció el ceño, corrió al banco donde había dejado su libro de medicina, del que no se separaba ni un minuto, y volvió al lugar donde estaba su hermana.

—Mamá, es probable que Lola se haya roto el brazo —dijo señalando el capítulo de las fracturas.

—Toni, cariño, recoge las cosas, que nos vamos al hospital.

En un pispás, Lola ya estaba entrando por la puerta de urgencias. Al verla entrar tan dolorida, enseguida la pasaron al box de pediatría.

—Ay, Lucía, ¡qué alegría encontrarte de guardia hoy! —dijo la madre de Lola al ver que la pediatra de sus hijos justamente estaba esa tarde trabajando.

—Sí, hoy soy toda vuestra. ¿Qué ha pasado, cariño? —les preguntó, agachándose y poniéndose a la misma altura que su pequeña paciente.

—Que me he caído del tobogán y me duele mucho el brazo.

—Pobrecita, Lola; venga, tranquila, siéntate aquí, que vamos a ver por qué te duele tanto, ¿vale?

La enfermera, con mucho mimo, ayudó a Lola a sentarse en una silla de ruedas que había en la sala mientras ella y Lucía no le quitaban ojo a ese brazo inmóvil de Lola.

—Doctora, creo que Lola tiene una fractura —dijo Toni levantando su dedo índice mientras sujetaba con la otra mano su libro de medicina.

—Hmmm, Toni, pues si tú opinas que Lola se ha roto el brazo, quizá tengas razón, porque pocas veces te has equivocado tú, ¿eh? —dijo Lucía guiñando un ojo a Laura para intentar calmar los ánimos—. Toni es el hermano de Lola y sabe mucho de medicina —le explicó la pediatra a su compañera enfermera, que trataba de quitarle la camiseta a Lola sin hacerle daño.

—Ah, entiendo —dijo esta—. En ese caso, y viendo cómo está este brazo, creo que una vez más vas a tener razón.

La doctora Lucía y la enfermera Rosa miraban con cierta preocupación el bracito, que era evidente que mostraba una deformidad; no estaba bien.

—Bueno, Laura, tú tranquila. Vamos a hacerle una radiografía para ver exactamente qué tiene y luego comentamos, ¿te parece? En unos minutos lo tenemos enfocado —dijo Lucía a la mamá de Lola, poniendo la mano en su hombro para intentar tranquilizarla.

A los pocos minutos, Lola volvió en su sillita de ruedas. Toni llevaba en la mano la radiografía.

—Toma, Lucía. No hay duda: está roto —dijo Toni enseñando la radiografía.

Lucía y Rosa se quedaron sorprendidas ante la seguridad de Toni.

—Pues efectivamente, está roto —confirmó Lucía—. La fractura no es muy importante, pero hay que poner una escayola para que el brazo no se te mueva y esos dos trozos de hueso que ves ahí sueltos se vuelvan a unir —le explicó Lucía a Lola.

—Pero... ¿me vais a poner pegamento? —preguntó Lola.

—No, ja, ja, ja —se rio Lucía—. Rosa, mi compañera, te va poner un yeso en el brazo, por fuera, como una funda, pero mucho más dura. Así conseguiremos que los dos trocitos de hueso se vuelvan a unir. Es un poco mágico porque se unirán solos. Tus huesos se buscan, se juntan y, ¡tachán!, se pegan.

—¡Qué guay! —dijo Lola.

—Venga, vamos a dejar a Rosa trabajar. Toni, tú ven conmigo, que te voy a enseñar otras radiografías y así me dices lo que ves.

Lucía se llevó de la mano a Toni, que miraba con atención todas las máquinas del hospital mientras Lola se quedaba con su mamá y con Rosa poniéndose la escayola.

A los pocos minutos, apareció de nuevo Lola con el brazo ya totalmente escayolado y con una sonrisa de oreja a oreja.

—¡Ya está, Lucía! Mira qué escayola más chula me ha puesto Rosa.

—Hala, ¡me encanta! —la alabó Lucía—. Pues ya te puedes ir a casita.

—Pero... ¿y si me empieza a doler de nuevo y tú no estás? —preguntó Lola bajando la vista.

—Si te duele, no tienes más que decírselo a tus papás y ellos te darán una medicina; y si aun así me echas un poquito de menos, te voy a dar un truco. Mira.

Lucía, sacó un rotulador de su bata y dibujó dos corazones en la parte de debajo de la escayola.

—Estos dos corazoncitos somos tú y yo. Si me echas de menos, te miras el bracito y me verás ahí, contigo. Juntitas. Y sonreirás.

Lola salió del hospital diciendo adiós a todo el mundo, levantando su escayola orgullosa.

Cuando llegó a casa, le contó entusiasmada su nueva aventura a su papá.

—Pero qué buena idea lo de los dos corazoncitos por si echas de menos a Lucía. Vamos a hacer una cosa, voy a dibujarte yo ahora dos estrellas: una será mamá, y la otra, yo. Así también nos tendrás a nosotros ahí.

Pablo cogió un rotulador y, con mucho mimo, dibujó dos estrellas.

—¡Qué bonito, papi! Me encanta.

De pronto Toni se acercó con su rotulador azul y dijo:

—¡Falto yo!

—¡Claro que sí, Toni! —dijo Laura—. Venga, ¿dónde vas a poner tu estrella?

—¿Estrella? No. Yo seré una jirafa. —Y sonrió.

Lola se quedó sorprendida de lo bien que había dibujado Toni su jirafa.

—¡Muy bien! Ahora ya estoy lista para ir al cole. ¡Os llevo a todos conmigo! —dijo abrazando a toda su familia a la vez.

¿Y ahora? ¿Hablamos?

- ¿Qué le ha pasado a Lola?
- ¿Por qué le pusieron la escayola?
- ¿Qué truco le enseñó Lucía para no pasarlo mal si la echaba de menos?
- Cuándo tú vas al cole, ¿echas de menos a tu mamá o a tu papá?

Ahora ya sabes lo que puedes hacer: diles que te dibujen en el bracito unos corazoncitos o unas estrellitas y así estarán siempre a tu lado.

Mensajes para llevarse a casa

Las fracturas y los traumatismos representan uno de los accidentes más frecuentes en pediatría. Es importante mantener la calma, que nuestros hijos nos vean tranquilos y serenos. Eso logrará cambiar la experiencia cuando lo recuerden en el futuro. Dale herramientas para ir superando sus propios temores, pero al mismo tiempo hazle saber que pase lo que pase estarás a su lado **INCONDICIONALMENTE**.